Ma vie est extraordinaire

© Hatier, Paris, 2004. ISBN 978-2-218-74628-4
Loi n° 49 956 du 16 juillet 1949 sur les publications destinées à la jeunesse.

Ma vie est extraordinaire

une histoire de René Gouichoux
illustrée par Yves Calarnou

mise à la couleur : Caroline Brard
maquette : Hélène Lemaire

méthode de lecture CP

Ribambelle

J'ai un secret :
ma vie est extraordinaire !

Le plus extraordinaire,
c'est quand je saute
au-dessus de l'école.

Non,
le plus extraordinaire,
c'est quand je me transforme
en dragon.

Ou alors,
c'est quand je nage
dans l'aquarium
de la maîtresse.

Pour moi,
le plus extraordinaire,
c'est lorsque je dors
sur la lune.

Attendez !
Le plus extraordinaire,
c'est lorsque je combats
« N'a qu'une patte » le pirate.

Non, non et non !
Le plus extraordinaire,
c'est quand je transforme
mon père en cheval...

et ma petite sœur
en sorcière.

Non, je sais,
le plus extraordinaire,
c'est de jouer aux cartes
avec des martiens.

Ou alors,
de dompter dix tigres
à la fois.

Ou encore,
de compter jusqu'à
trois millions
de millions de millions.

Non, en fait,
le plus extraordinaire,
c'est quand je m'envole
sur un flamant rose.

Aïe, aïe, aïe !
Que c'est difficile de choisir !
Finalement,
le plus extraordinaire dans ma vie...

c'est quand maman
me donne un bisou,
le soir, dans mon lit.

Achevé d'imprimer par Clerc à Saint-Amand-Montrond - France
Dépôt légal : 74628 - 4/12 - mars 2014